LAURENT DE BRUNHOFF

BABAR
sur la planète molle

Nouvelle Collection Babar • Hachette

Il fait beau au pays des éléphants.
Le roi Babar et la reine Céleste ont décidé
d'aller pique-niquer avec Pom, Flore et Alexandre.
Arthur est là aussi, bien sûr, et le singe Zéphir.
Soudain, Arthur lève la tête et s'écrie:
"Regardez!... Une fusée!
Là, derrière les palmiers!... Là!... Là!... Elle va se poser!"
Mais Babar se met à rire:
"Allons, Arthur, tu rêves, mon garçon...
Mais... Oh!... tu as raison!
C'est une vraie fusée! Elle vient vers nous!"

La fusée
atterrit à côté d'eux,
dans un grand sifflement.
Et tout à coup, que se passe-t-il ?
Un terrible courant d'air soulève les éléphants comme
des plumes et les aspire jusque dans la cabine de la fusée.
La porte se referme avant qu'ils aient le temps
de comprendre ce qui leur arrive.

La machine les emporte dans l'espace.
Céleste est affolée. Babar essaie de la rassurer,
mais il est lui-même inquiet et pense :
"Où nous emmène-t-on ? Il n'y a pas de pilote.
Cette fusée doit être téléguidée depuis quelque planète..."
Arthur, émerveillé, regarde les étoiles par le hublot.
Pom, Flore et Alexandre sont très contents :
un bras automatique leur offre des biscuits délicieux.
"Quelle aventure !" soupire Céleste en écoutant distraitement
la musique douce et gaie diffusée dans la cabine.

Le voyage est long.
Heureusement, la cabine est confortable.
Déjà ils ont dépassé la Lune et la planète Mars.
La fusée va plus loin encore.
Un jour, enfin, elle se rapproche d'un astre rougeâtre.
"D'après mes calculs,
dit Babar,
cette planète est inconnue.
Qu'allons-nous trouver là?"

La fusée atterrit, la porte s'ouvre toute seule.
Babar descend l'échelle
et pose prudemment le pied sur ce sol inconnu.
"Oh! s'écrie-t-il, je ne peux plus décoller ma chaussure!"
Arthur éclate de rire.
"Cette planète est peut-être en caramel! Ha ha ha!"
Mais soudain, à son tour, il s'écrie:
"Regardez!
Voici les habitants!
Ils arrivent en bateau!"

Conduits par d'étranges personnages,
des bateaux glisseurs s'approchent.
"Voilà ceux qui nous ont enlevés dans la fusée,
dit Babar... Ils n'ont pas l'air méchant."
En effet, les bizarres personnages
leur font des saluts aimables et parlent d'une voix
qui sonne comme une clarinette. Babar appelle Céleste:
"Viens voir les habitants de cette planète molle!
Ils ressemblent à des éléphants!...
Et pourtant... ce ne sont pas des éléphants!"

Les drôles d'éléphants conduisent Babar et Céleste
jusqu'à des plates-formes où ils amarrent leurs glisseurs.
Alors, des œufs volants descendent du ciel
et les éléphants aux oreilles frisées s'assoient
sur les petits sièges accrochés en dessous.
Babar dit:
"Vite, faisons comme eux,
ces machines volantes
sont sûrement des taxis."

"Courage, Céleste!"
dit Babar qui se balance assis
au bout d'une perche.
"A notre tour!"
crient Pom, Flore et Alexandre.
Très excités,
ils s'amusent
comme à la foire.

Emportant la famille Babar, les œufs volants s'élèvent
haut dans le ciel. Et soudain une ville apparaît,
suspendue en l'air par d'énormes ballons.
Légère et silencieuse, elle flotte au-dessus de la planète molle.
"Très ingénieux, remarque Babar. Il fallait y penser.

"Comment vivre ici autrement? Les maisons
s'enfonceraient dans ces marais de sables mouvants."
Céleste est si surprise qu'elle oublie d'avoir le vertige.
Quant à Arthur, tout joyeux, il appelle son ami Zéphir.
"Formidable cette planète! n'est-ce pas, Zéphir?"

Doucement ils sont déposés sur une terrasse.
Les habitants accourent pour les voir. L'un d'eux,
coiffé d'un chapeau pointu, s'avance vers Babar et fait un
discours interminable : "Toc tuyup tuyup, pitouit toc, loc toc !..."
Un autre, coiffé d'un chapeau bleu en forme de
champignon, écoute en souriant poliment.

Bien sûr, Babar ne comprend
pas un mot, mais il devine que
monsieur Chapeau Pointu l'invite
à visiter la ville. Avant de le suivre
sur les toboggans, Babar répond:
"Monsieur, on n'enlève pas
les gens dans une fusée,
comme ça, sans prévenir."
Mais les éléphants de l'espace
ne comprennent
pas non plus ce qu'il dit.

Dans la maison de Chapeau Pointu et Champignon Bleu,
il y a une piscine au milieu du salon.
"Vraiment, dit Arthur,
ces éléphants aux oreilles frisées savent s'amuser."
Et il plonge dans l'eau aussitôt,
en même temps que Pom et Alexandre.
Flore n'a pas envie de nager dans la piscine;
elle a trouvé un ami : le petit chien à taches bleues.
Babar et Céleste essaient de parler à Chapeau Pointu
en faisant beaucoup de gestes.
Ils arrivent presque à avoir une vraie conversation.

Le soir on leur montre
les chambres à coucher.
Ce sont des sortes
de niches.
Les garçons
grimpent vite,
mais Babar et Céleste,
malheureusement,
sont trop gros. Alors,
Champignon Bleu
fait vider l'eau
de la piscine.
"Voilà un lit
confortable,"
déclare Céleste
en s'installant.
"J'ai bien
sommeil."

Tous les matins, guidés par le petit chien bleu,
ils vont à la fontaine du petit déjeuner
avec Chapeau Pointu et Champignon Bleu.
Une machine automatique distribue des gâteaux
et des sirops. Il suffit d'appuyer sur un bouton
pour la mettre en marche.
Mais, quand on n'a pas l'habitude,
il est difficile de bien viser et de boire proprement.
Babar n'est pas le plus adroit...

Babar voudrait bien remplacer sa chaussure perdue.
Il parvient à se faire comprendre,
et Chapeau Pointu l'emmène dans un super-marché
avec Arthur et Zéphir.
Babar essaie les plus grandes paires du magasin.
Il est très déçu, car aucune n'est assez grande pour lui.
Alors, il décide d'enlever la chaussure qui lui reste
et de marcher en chaussettes.
"Ce sera plus élégant", dit-il.

Aujourd'hui une fête superbe a lieu
dans la ville suspendue:
C'est le tournoi des œufs volants.
Tous les habitants sont rassemblés dans les tribunes
et regardent les jouteurs qui cherchent à se faire
tomber sur la grande piste élastique.

Arthur participe au jeu.
Avec sa perche, il pousse son adversaire...
Il réussit à le faire culbuter! Bravo! Il a gagné!
Mais Arthur, lui aussi, perd l'équilibre et tombe sur la piste.
Il rebondit comme une balle.
"Hou! crie Zéphir. Hou, Arthur!"

Arthur rebondit si haut
qu'il se cogne sur un œuf volant.
L'œuf volant fait un écart brusque et le pilote
ne peut éviter l'un des énormes ballons rouges...
Le ballon se déchire! Il se dégonfle!
Arthur retombe sur la piste sans mal, mais
les spectateurs affolés se lèvent et s'enfuient en criant.

Le ballon crevé se dégonfle
de plus en plus
et la plate-forme
de Babar et Céleste penche
dangereusement... "Vite,
aux escaliers de secours!"

Tout le monde se précipite
pour grimper
sur une autre plate-forme.

Une sirène retentit,
et Babar aperçoit une drôle de machine:
l'équipe de secours vient remplacer le ballon.
En un instant, un nouveau ballon est gonflé
et accroché à la place du premier.
La plate-forme se relève. Le danger est passé.
"J'aimerais bien avoir une machine pareille
pour gonfler les pneus
de ma bicyclette,"
pense Zéphir.

Tous se retrouvent chez Chapeau Pointu
et Champignon Bleu. Arthur a une grosse bosse
sur le front. Il est encore un peu étourdi.
Mais le petit chien bleu est le seul qui soit gentil avec lui:
les habitants de la planète molle,
au contraire, ont l'air très fâché.
Ils grognent, agitent leurs oreilles frisées
et froncent les sourcils.
" Ils croient peut-être qu'Arthur a fait exprès
de crever le ballon, pense Babar inquiet.
Je vais demander ce qui se passe à Chapeau Pointu.
Lui aussi a l'air bizarre...»

"Es-tu fâché?" demande Babar à son ami,
car maintenant ils peuvent se comprendre.
"Mais non, mon cher Babar", répond Chapeau Pointu.
"Je sais bien qu'Arthur a crevé le ballon par accident.
Mais les autres sont en colère, tu le vois.
Cela peut être dangereux
et je te conseille de retourner vite sur la Terre.
Je serai triste, moi qui t'ai fait venir ici
parceque j'avais envie de te connaître.
Il faut nous dire au revoir...
et peut-être à une autre fois."
La nuit tombée, ils partent en secret.
Chapeau Pointu donne à Babar un adorable
petit chien bleu, en souvenir de la planète molle.

La ville suspendue est loin
maintenant.
Le roi Babar, la reine Céleste,
Pom, Flore et Alexandre,
Arthur et Zéphir
sont conduits
jusqu'à la fusée
par Champignon Bleu
et Chapeau Pointu.
La fusée s'élance vers le ciel.
Babar, pensif, regarde
la planète molle,
qui devient
de plus en plus
petite.

De retour à Célesteville, ils sont accueillis avec joie
par tous leurs amis, qui les croyaient perdus.
Le petit chien bleu a beaucoup de succès,
mais la Vieille Dame, encore très émue, pleure.
"Pourquoi vous ont-ils emmenés si brutalement?"
demande-t-elle.
"Chapeau Pointu ne savait pas comment nous inviter
autrement, dans son pays," répond Babar.
"Mais, maintenant, ajoute Arthur,
nous le connaissons, nous pouvons lui téléphoner,
et j'espère qu'il viendra nous voir à Célesteville."